菜の花の海の

佐藤光江詩集

土曜美術社出版販売

詩集

菜の花の海の＊目次

カバー・扉　画／雪乃

詩集

菜の花の海の

I

ボケの花

夜更け
誰か
顔をのぞく気配がして
目が覚めた

ぼんやりと見える
小机に飾った
早咲きのボケの花
長く伸びた枝に

朱色の花をまばらにつけている
冷気に満ちた暗がりで
さっきまで
ふとんを被って泣いていたのを
知っていたのか
亡霊のように立つのは
女か
母か

小枝が揺れて
花びらが一枚
はらりと
舞い散った

紅うつぎ

木漏れ陽をまぶしく反射させ
力強くしぶきながら
一途に下流へ急ぐ谷川

突き出たへりに
気ままに伸びる枝
紅もたわわに
舞ってでもいるよう
折れないために

ただ風に
なびき続けることが
紅うつぎの習わし

それが日常

それでも
たった一度
紅を抱いた梢を
風向きに逆らって
思いのたけ
撥ねてみたいとおもう

それも日常

野草賛歌

野草たちはうつ向くわたしに
手招きをする

目覚めの早いセリバオウレンは
雪の結晶を散らして春を告げ
ミスミソウも寒風にもう綻んでいる
裸になったヒメシャラの根元には
カキドオシが小走りをして地を走り
タツナミソウの群落はまだ蕾

芽吹いた草たちが
大空に両の手をひろげている

わがまま放題に這って
金の花をかざすジシバリ
キジムシロやマンネングサも
島を手に入れた

ホウチャクソウの恋煩いに
恥ずかしそうに小首を傾げるチゴユリ
クマガイソウは扇を貫いて不機嫌に頷く
傍らでそっと毒を隠すナベワリ
たった一日拳をほどいて散る
ヤマシャクヤクを見おとすまい

ヒトリシズカの白い穂が
凜として自堕落を糺すけれど
イカリソウはお喋りにいとまがない

四季に咲いては謳う
庭の住人たち
足音にも衒うことなく
うらうらと花ひらき
愛らしく匂い立つ
その素直さに
どれほどの勇気をもらい
どれほど背を押されてきたか

この庭があってわたしは生きる

鵯上戸

おそい秋
小粒の果実に毒を潜める
鵯上戸

緑を残す蔓は
木立ちに伸しあがり
朽ち葉を鷲づかみに
搦めとっている
赤く透きとおる液果は

愛くるしいしぐさで
風に戯れ
ゆらり
ゆらり

冷気が辺りに降りる頃
けたたましく囀り
飛び交う鶫は
鶫上戸の小さな毒を
好んで啄ばむと
聞く

陽が山の稜線をなぞるころ
添うことも

抗うことも叶わず
ぐずぐずと迷い
迷っては跪くわたしを
捨てたくて
また跪く

祈りの中で
入日のような毒を
一つ含んでみる

山茱萸

木枯らしに
葉を脱ぎすて
空へ放り出すように伸びた
まっすぐな梢の
山茱萸の古木

春浅い空が潤ってくれば
忘れられていた蕾は
裸の梢にゆるみ

黄金色の結晶を花束にして
溢れるほど飾り付ける
わが家の春
その開花は
急に華やいで
眠気の覚めない草木の
戸口をたたく

青々と風にそよぐ夏
秋になれば葉陰に
真っ赤な果実を鈴なりに結んで
薬用として人を扶ける

巧みで奔放にも見える

四季折々の営みは
庭を彩るだけでなく
ざわつく風を受け入れ
抗わず
愚図る日常をつつむ
その在りようは
哲学さえも匂う

身の丈に
在るがままに
生きよと

菜の花の海の

一面の菜の花の海の
春霞の遠く
見え隠れする標に
辿りつこうと
分けいる海
菜の花に噎せながら
揺らして
ゆれる

あの人の招きよせる

その手は空々しく
スプーンは食器の縁をすべっている
そのしぐさの意味を
とっくに気づいていた

ひたひたと寄せては返す
菜の花の海のあわいに
溺れそうになるけれど
なおも揺らして
ゆれるのは
そう
標が霞むから

植物であることをやめた植物

遠い谷からの風と
笹の擦れあう音だけの
薄暗い竹藪に生え
葉緑素をもたない蘭
地上に現れるのも
ほんのひと時

一枚の葉もない棒杙の茎
先端に提げる閉鎖花

元より開くことはない
その赤銅色の密室に
滾るものを閉じ込めて
密かになぞる
命を繋ぐプログラム

光合成を捨て
開花を捨て
植物の所以を捨てた
新種発見のニュース

これを進化と言うのか
それとも退化と言うのか

無用という必要へ
踏み込んだ植物
選ばれたのではなく
選んだ孤高の道

その誇り高さ
眩しさに
立ちどまる

＊　タケシマヤツシロラン　鹿児島県竹島にて末次健司氏発見

約束

眼下には緑の裳裾と駿河湾
はるか水平線へと展いている
ここは富士山五合目

砂礫に点在する高山植物たちが
手招きして迎えてくれた
小鈴を揺らすヒメシャジン
思慮深いしぐさはヤハズヒゴタイ
コガネギクは上品でつつましい

素朴な風情のクサボタン
黒い砂には真っ赤な花冠のメイゲツソウ
寄り添い
支え合い
草原を彩る健気な花たち
その佇まいに
山男と山女の靴音はやさしい

高山の秋は足早だから
短い夏に別れを告げ
慌しく花じまいをする
間もなく猛烈な寒さが大地を凍らせ
猛り狂う強風や山肌を抉る雪崩
これ以上ない悪条件を耐え抜いたものだけが

再びこの草原に咲く
凛とした美しさで

投げつけられた飛礫
知り尽くした嘆き種に
抗う術も持たず
突っ伏してやり過ごす
生きかたもある

来年も必ず会おうと約束して
リュックを背負った

Ⅱ

井戸

気になって
しかたがなかった

触るな　と
釘を刺されていた
背戸の脇の古井戸の
苔むした蓋

家族が留守の日

遊びなかまを連れにして
怖いもの見たさと
腕力を寄せ集め
ずり落として覗いた
井戸の中は
冷気に満ちて
暗く恐ろしく深い穴

小石を一つ投げこんでみると
長い眠りから目覚めた時空間が
いく重にも吹きあがった
そして
わたしに降った

触ってはならない井戸の
覗いてはならない井戸の中
黒い水鏡に映りこむのは
折りたたまれた果てしない暦
と
大きくて
深い
空

戸口

息をきって
たどり着いた
此処
戸口はピシャリと閉ざされ
気配ひとつない

何を追いかけてきたか
何に駆りたてられてきたか

自分らしく
生きることを
願いながら
履き間違えたか
それとも
選んだか
ようやく気づいた
誰かの靴を履くことの
心地悪さ

いつも
腰の辺りにぶら提げていた
不格好に膨れた堪忍袋
捉われの紐を解こうと

手をかければ
思いがけず
たわいなく弛んだ

待っていたのだろうか
戸口は軋みながら
ゆっくりと開いた
其処に
朝の陽をまとう
ひとがた

海鳴り

想いが重なりあうのは
驚くほどまれ

自分のなりたいわたしも
あなたのやすらぎも知らず
しあわせの在処を
分けあうことのない
わたしとあなた

わたしとよく似たあなたは
呼びあっているのに
落とす影ひとつなのに
背をむけるばかり
荒ぶる海に溺れても
手を差し伸べることなく
這いあがるのを
黙って待つ

それでも
冷えきった
潮の滴る身体を
抱いてくれた日もあった
だから生きられた

あなたによく似た
わたし

海鳴りを遠く
薄紫の夕凪に佇み
あなたがいての歳月を
引き寄せてみる
今

山田さん

放置された空き地には
地面を覆いつくす雑草が
暑さに立ち枯れて腐り
ペットボトルやゴミに混じって
蠢く虫と蝿が群がって
異臭を放つ

そこここに溢れているのは
荒ぶる自然の呼吸に迷い

生きる術を手放したらしいものたち
奪われたのか
捨てたのか
暦も時計もはずした
独り暮らしの山田さん
来る日も来る日も猛暑が続くころ
草熖れに横たわっていた

山田さん……

言葉の礫を投げる人等は
眉を顰めて取り沙汰し
膨らんだ買い物袋を提げ
足早に行き過ぎる

秋風が立つ日
口を噤んだ男たちがやって来て
枯草と骸をブルーシートに包み
慌ただしく片づけられ
何事もなかったように
鎮もった空き地

今はもう
誰も山田さんの話をしない
枯れて腐った花束のセロファンが
ピロピロと
風に泣いている

疲れ果てた　果て

いつも走っていた
喘ぎながら
あてもなく
追いかけられてでもいるように
走り続けていた
ずっと

ふり向いても
見回しても

越し方はなおのこと
年月さえ曖昧
泡立つ思いを振り切るように
走り続けていた
ずっと

疲れ果てた
果て
ようやく立ちどまった

ひとり立つ
ここ
木々のざわめきのあわいに
耳を澄ませば

どこからか遠く
人の声

そうだ
どこへだったか
置き去りにしてきた
わたしを
迎えに行こう

籠を編む

無心に編む
こちらの紐を向こうに
向こうの紐をこちらに
紐を操る

無心に編む
上から下へ
下から上へ
捩じっては引き抜き

引き抜いては捩じり
紐を操る

無心に編む
忘れたいことも
忘れたくないことも
今日のことも
昨日のことも
こぼしがないように
表からも裏からも
丁寧に確かめながら

穏やかな刻を編む
怒りを編む

涙を編む
抗う紐は皮膚を破り
散り落ちる紅の花びら

宥めても絡みつく煩悩の紐
今日こそは真っ白な紐をと
手繰り寄せ
明日を編んでいる

オニワ〜　ソト

頭のてっぺんの膨らみが
いつの間にか
どんどん尖って
鬼を孕んでいることに気づいた

暦の端っこを
よろけて歩きながら
クズの烙印に呑みこまれ
声を殺し泣いていていた

鬼の子

鬼の子はいつか
本物の鬼になると恐れている
気になる頭のてっぺん
尖り続ける膨らみを
まるで磨くようにして
撫でては確かめる

冬と春の境目になれば
家々から聞こえる

オニワ〜　ソト
　オニワ〜　ソト

老いを嘆く今も
尖った一本角を持ち歩き
天中に瞬く銀の鏡にむかって
そっと言ってみる

オニワ〜　ソト
　オニワ〜　ソト

Ⅲ

絵のような

連なる山に塞がれた村の中学校
放課後の音楽室のこと
覚えていますか

絵のような街で
絵のような家に
絵のような家族と
と
思いつめ話しだした

あなた

絵のようなとは
どんなと
問うわたしは
絵のような家も
絵のような家族も
描くことはできなかった

わたしは
あの日とおなじ村で
野づらを彩る季節に
いだかれながら
見捨てられたように

うたたねしています

街の明け暮れは
砂時計のようにせわしなく
時が零れているらしい
あなたは
絵のような祈りを
手に入れましたか

記念日

三角の空の
三角の山里は
麦を踏みながら待つ
萌黄色の季節に
赤ん坊が生まれる
春　夏　秋　冬
収穫こそが生きること
歓声は
なんども

なんども
こだまが
こだまする

三角の陽だまりで
一人しゃがむ少女に
三角の切っ先が
ズンと突き刺さって
鬼の子になった
記念の
日

君のさがしもの

立ちどまった君は
つま先立ちの
ぐらついた背伸び
独り
なにかを
探している
眼差しのその先に
何が見えていますか

君が探している
遠くにかすむ
それは
きっと
眩しくて
新しい景色

大丈夫だよ
そこには
若々しい
息吹と希望を
握りしめた君が
待っている

から

景色も
地図も
みんな
みんな
澄みきった
君の瞳に
届けよう

ごろごろある

昨日もごろごろ
今日もごろごろ
たぶん明日もごろごろ
足もとにも
手もとにも
どこにでもいつでも
ごろごろある

ごろごろある不可思議に

ごろごろある不条理に
不意に出遭って
うっかり躓いて
よろけることがある
転がることもある

見えないけれど
触れないけれど
たしかにある
日常を埋め尽くしている
平然とわがもの顔で
ごろごろある

叩いても

叩いても
脇から頭をもちあげて
無くならない不可思議
絶えない不条理
懲りることなく
モグラ叩きに
今日も汗する

たった一行

たった一行
直立して
後ずさりも
前進もない

今日も
聞こえない
見えない
たどれない

たった一行
直立して
後ずさりも
前進もない
持て余している

もがくほどに
ぬかるみに
縮こまり
ささくれだつ

今日も
わたしの声は

聞こえない
たった一行に
赤とんぼが
とまった

春の嵐

風に飛ばされた帽子を
追いかける
あ　あ　あ

側溝の端っこに躓き
前のめりになって
飛びこみ競技さながらに
道端に放り出した老体
ポケットのスマホも飛んで

ディスプレイに
放射状の花が咲いて
ジーンズの膝小僧は破れ
血が滲んだ
帽子はどこへいったの
あ　あ　あ

バスが通る
車が通る
学生の自転車も通る
ウォーキングの
おじさんがふり返る
おばさんもふり返る
あ　あ　あ

春の嵐に
身ぐるみ剝ぎとられ
丸裸
あ　あ　あ

お届けものです

届いた小包は軽い
送り主を確かめると
「不明」とある

土手沿いに
梅が咲いて
杏が咲いて
今は桜が満開
中身はきっと

塩田川の花吹雪です
時々配達依頼があります
と配達人

川沿いの散歩も
すれ違う人らと
交わすあいさつも漫ろ
危なげな日常の
その先が気がかり
明日も
あさっても

送り主は
陽だまりや

若葉をくぐりぬけた
風かもしれません
祈りかもしれません

届いた包みを
ゆっくり
ひらく

*

和田島幼稚園園歌

作詞・作曲　佐藤光江

一、見上げてごらん
雲とお日様　手をつなぎ
運動すきな　強い子等
広い心で　つつんでる

二、見上げてごらん　緑の輪
山と山と　手をつなぎ
心のやさしい　よい子たち
大きな心で　つつんでる

三、　見上げてごらん　大きな木
ぼくとわたしと　手をつなぎ
だれとも遊ぶ　元気な子
キラキラ　光って　笑ってる
和田島園児　笑ってる

（旧清水市立和田島幼稚園園歌）

あとがき

前詩集『やさしく阿修羅』から十八年も経った。

齢を重ねると思いのほか時計の針は駆け足で進むようだ。

『菜の花の海の』の作品はすでに発表した作品も含まれるが、書き溜めた作品をさてと読み返せば、納得がいく作品は僅かで駄作ばかりで心塞ぐ。

発刊することを一旦は決めたものの、さらに立ちはだかったのは新型コロナの脅威。決意はいとも簡単に腰砕けになって崩れて落ちた。

引き籠る日々の中で躊躇い、三年越しに漸く発刊に漕ぎつけた。『菜の花の海の』は軟弱者の身投げにも似ている。


詩と歩んだ長い時間を振り返れば、越し方のせいだろうか自己肯定感に乏しい性分は、今さら変えようもなく、私にとっての詩は一歩踏み出すために生まれるものだ。

すんなりと胸の奥に落としこむ出来事であれ、喉に刺さった魚の骨のように抜き取ることが困難な事柄であれ、何よりも自分に一番正直に向き合えるのが詩作り。

手放してはならない存在。

生き抜くための杖。

鉛筆を握ることは必然なのだ。

私の詩篇は、恐らく文学には程遠いものであろう。

大目に見て、長い間書き綴ったことによって、いくらか詩らしくなったかもしれないとの認識でいる。


最後にカバーを飾っていただいた雪乃様、温かな励ましと丁寧なアドバイスでお導きいただいた高木祐子様に深くお礼申し上げます。

二〇二三年五月吉日

佐藤光江

著者略歴
佐藤光江（さとう・みつえ）

1946 年　旧静岡県清水市に生まれる

詩集　1968 年『とめどなく　Ⅰ』（私家版）
　　　1969 年『とめどなく　Ⅱ』（私家版）
　　　1989 年『寒苦鳥が巣をつくった』（樹海社）
　　　2005 年『やさしく阿修羅』（七月堂）

所属　詩誌「楷の木」
　　　日本詩人クラブ　日本現代詩人会

現住所　〒424-0001　静岡県静岡市清水区梅ヶ谷 161-6

詩集　菜《な》の花《はな》の海《うみ》の

発行　二〇二三年五月十日

著者　佐藤光江
装丁　直井和夫
発行者　高木祐子
発行所　土曜美術社出版販売
〒162-0813　東京都新宿区東五軒町三―一〇
電話　〇三―五二二九―〇七三〇
FAX　〇三―五二二九―〇七三二
振替　〇〇一六〇―九―七五六九〇九
印刷・製本　モリモト印刷

ISBN978-4-8120-2746-2　C0092